CHRISTIANE HAAS

IM EWIGEN KREIS

avant-verlag

ICH WÜRDE GERNE EINEN SCHWANGERSCHAFTSTEST MACHEN LASSEN…!

KANN ICH MACHEN … ABER SIE SIND NICHT SCHWANGER… ICH SEH DAS… SIE HABEN NICHT DIESE AURA!

16. Geburtstag

Wir streiten immer wegen so vielen Sachen...
Dabei kann das Leben so schnell zu Ende sein...

»Ich möchte mich im Holzhandel selbstständig machen.«

8. WOCHE

NUR MIT VIEL GEDULD UND RUHE BEKOMMT MAN EIN RICHTIG GUTES SAUERTEIGBROT

8 WOCHEN

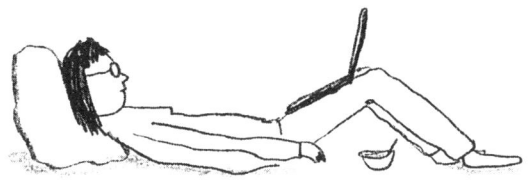

UND 1 TAG

ICH HAB GESTERN DIESEN LARS-VON-TRIER-FILM GESEHEN...

GEHT <u>DIREKT</u>...

<u>ZUM BABY!!!</u>

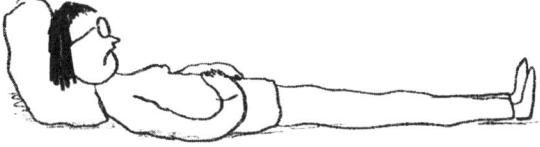

Ich habe mal wieder vom Weltuntergang geträumt. Ich habe Sachen zusammengepackt und wollte Wäsche waschen, aber ich war mir nicht sicher, wieviel Wäsche ich bis zum Weltuntergang noch brauchen würde und wie ob sie bis dahin überhaupt trocken werden würde.

CHARTS

»MIT 15 HABE ICH MAL MIT EINEM GEKNUTSCHT, DER HATTE VORHER DEN GANZEN ABEND ZIGARILLOS GERAUCHT UND HATTE DAVON EINE GANZ PELZIGE ZUNGE. DAS GEHÖRT BESTIMMT ZU DEN TOP 10 DER EKLIGSTEN DINGE, DIE ICH JE IM MUND HATTE.«

»WELCHER PLATZ?«

»ICH WEISS NICHT... EINMAL HABE ICH EINE GANZE MENGE VERSCHIMMELTEN SAFT GETRUNKEN UND HABE ES ERST BEMERKT, ALS EINE SCHIMMELPLATTE BEIM TRINKEN DIE GANZE ZEIT GEGEN MEINE LIPPE GESTOSSEN IST.«

"Ich laufe jeden Tag 1 Stunde für den Marathon."

"Das ist doch bescheuert!"

»ES IST UNWÜRDIG FÜR EINEN SATANISTEN, HAUSAUFGABEN ZU MACHEN.«

NUN STELLEN SIE SICH MAL VOR, ICH BIN IHR CHEF UND HABE EINEN JOB, DEN SIE UNBEDINGT WOLLEN... ERZÄHLEN SIE MAL VON SICH... WAS HABEN SIE DENN FÜR FÄHIGKEITEN?
... ICH KANN KOCHEN! NAJA, NICHT EXTREM GUT... ABER ICH KANN ES...

»DIE FINGER WAREN BIS ZUM KNOCHEN OFFEN UND DIE SEHNEN SIND ZERRISSEN...
..WISSEN SIE, MIR MACHT DAS JA NIX AUS. ICH HAB DAS GESEHEN UND MICH GELANGWEILT.«

DIE WOHNZIMMERLAMPE LÄSST
SICH MIT DEM FUSS ÜBER EINEN
~~STUFENLOSEN~~ REGLER HELLER UND
DUNKLER DREHEN.
ETWA 7 1/2 MINUTEN MEINES LEBENS
DACHTE ICH, MEIN COUSIN SCHAFFE
DAS AUCH MIT TELEPATHISCHEN
KRÄFTEN.

»ALS TEENAGER HABE ICH MAL EIN UMGEKIPPTES BIER AUS DEM KNEIPENSTUHLPOLSTER WIEDER RAUSGESAUGT.«

SIE BRINGEN IHR KIND UM!!!!

»ICH HABE VON EINEM SCHÄFERHUND GETRÄUMT. ER WAR VON DER POLIZEI. ~~UND HAT NACH DROGEN GESUCHT.~~

ER WAR GANZ WARM UND WEICH UND HAT MICH FAST GEKÜSST.«

ES WAR EINMAL VOR LANGER ZEIT...

AUF DER STRASSE
LAG AN NEUJAHR EIN
BETRUNKENER MIT KRÜCKEN.

EIN ANDERER HOB
IHN AUF UND MOTZTE
IHN AN: »ICH HAB
DOCH KEINE ZEIT
FÜR SOWAS!«

WIR MACHTEN SCHLUSS UNTER PALMEN.

WENN ICH MANCHMAL WOCHENLANG NICHT ZUM ZEICHNEN KOMME UND AUCH KEINEN JOB IN AUSSICHT HABE...

...FÜHLE ICH MICH WIE EINE <u>HOCHSTAPLERIN</u>.

EINE NORMALE KINDHEIT

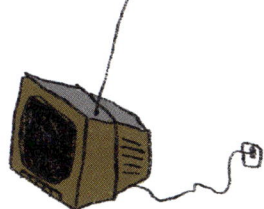

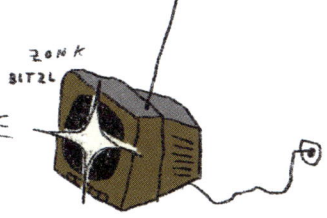

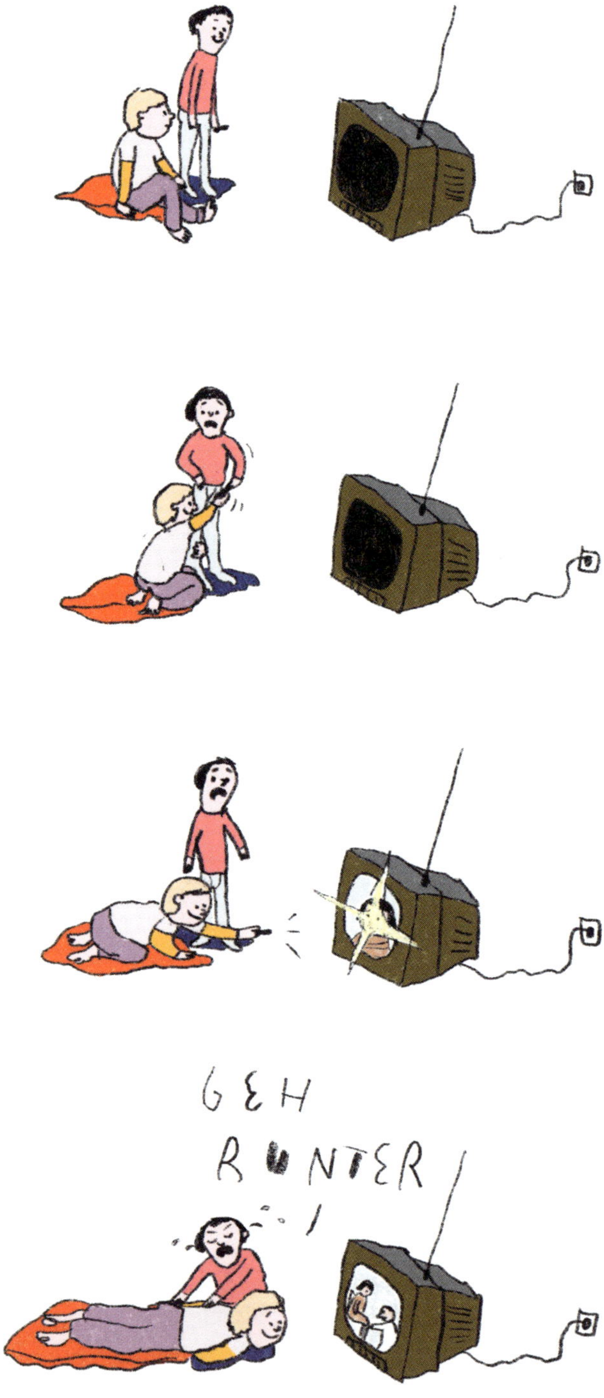

ICH BIN EINE KRIEGERIN
UND MEIN KIND IST EIN WUNDER.

»~~Du solltest~~

»Du solltest mal deine Schafe einzäunen! Hier fahren jetzt immer so Ausländer mit weissen Transportern rum und kucken!«

»Das sind die Paketlieferanten von Amazon, die allen ihre bestellten Sachen bringen!!«

SOMMERFERIEN

SECHS WOCHEN.
ICH WACHE IRGENDWANN AUF.
ES GIBT NICHTS ZU TUN.
MEINE MUTTER UND MEIN VATER ARBEITEN.
ICH ESSE SCHOKOMÜSLI VORM TV.
DIE ROLLOS SIND UNTEN.
MITTAGS LEGE ICH MICH IN DIE
PRALLE SONNE, UM BRAUN ZU WERDEN.
ICH SCHLAFE EIN. ICH WACHE AUF.
SCHWEISS AUF DER OBERLIPPE.
MIR IST ÜBEL. ICH SCHLAFE WIEDER EIN.
WACHE AUF, WEIL SICH MANCHMAL WOLKEN
VOR DIE SONNE SCHIEBEN UND ES KÄLTER
WIRD. ICH GEH DUSCHEN UND MACHE
MIR DANN TOMATE-MOZARELLA.

ABENDS NEHMEN WIR DIE LETZTE BAHN
IN DIE NÄCHSTGRÖSSERE STADT.
BETRINKEN UNS IM KEGELKLUB.
MORGEN AUCH. ICH BIN VERLIEBT.
WIR RENNEN DURCH DEN RASENSPRENKLER
AUF DEM SPORTPLATZ.
DU BIST NICHT VERLIEBT.

WOLFGANGSEE

»Hohe Ideale, die auf die Realität treffen.... uuuh...Das wird schwierig und führt zu Frustration......«

ABER IRGENDWANN WIRD MIR DANN IMMER KLAR...

...DASS EINFACH NOCH NIE JEMAND SO EIN KRASS SÜSSES BABY GESEHEN HAT!!.!

SORRY, UPS, JETZT HABEN WIR MIT DEN GUMMISTIEFELN DIE GANZE RUTSCHE DRECKIG GEMACHT...
NASS UND DRECKIG... HIHI... GENAU WIE ICH'S MAG!!!

UND DANN KOMMT DIE STILLBERATERIN ZWO MAL DIE WOCHE. UND DIE NIMMT <u>RICHTIG</u> VIEL GELD!!
ABER IST JA NETT, NE?!
<u>KAFFEE TRINKEN</u>,
<u>PLÄUSCHCHEN HALTEN</u>...!
ABER ICH VERSTEH'S EINFACH NICHT... WENN'S NACH EINEM MONAT NICHT KLAPPT, DANN WÜRD' ICH ES HALT <u>EINFACH SEIN LASSEN</u>!

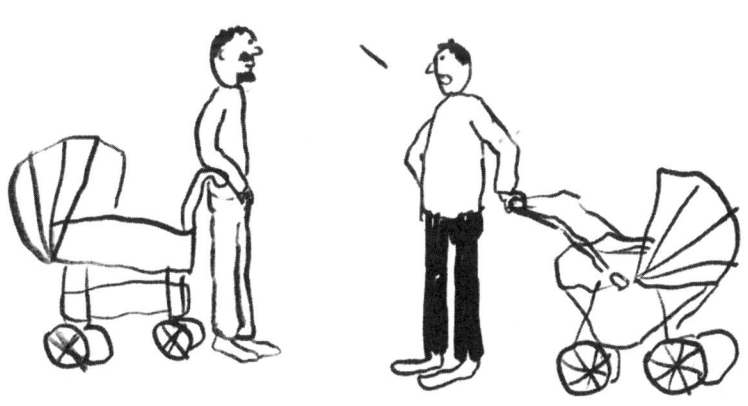

HAMBURG

Du auf 50 hq

Wenn jeder Mensch sich nur eine einzige Person aussuchen dürfte, mit der er sein restliches Leben verbringen könnte, dann wärst es du.
Aber die Regel ist, dass nur diejenigen zusammenbleiben dürfen, die sich beide gewählt haben. Alle anderen bleiben alleine. Die Wahl muss also strategisch durchdacht sein. Alle Menschen, von denen ich denke, dass sie mich nicht wählen würden, fallen weg, denn dann wäre meine Stimme versiegt. Jedoch fallen auch alle weg, von denen ich denke,

dass sie sich sicher sind, dass ich sie nicht wählen würde. Denn auch sie werden eine andere Wahl treffen und ich bleibe alleine. Alleine auf meinen 50 Hektar Grund, welches jedem zusteht, nachdem die Oberfläche der Welt in 7 Milliarden Teile geteilt wird, um den Welt-Frieden herzustellen. Auf jedem Grund gibt es genug Obst und Kräuter, um satt zu werden. Jeder Grund ist aber auch von soviel Wasser umgeben, dass man die Anderen nicht mal aus der Ferne erkennen kann. Ich frage mich, wie viele Menschen es schaffen, sich gegenseitig zu wählen, um nicht alleine zu sein.

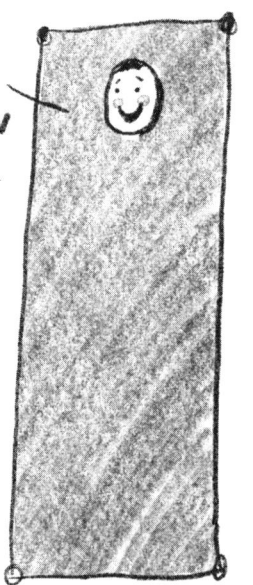

DER ARME! DER HAT NOCH ALLES VOR SICH! WIR HABEN WENIGSTENS DIE HÄLFTE GESCHAFFT ...

EIN GESPRÄCH ZWISCHEN FREUNDINNEN ODER ZWILLINGEN

»Wie lange haben wir Zeit?«
»15 Minuten.«
»Gut. Gehen wir noch ein Eis essen?«
»Ja«
»Zum Hinsetzen oder Mitnehmen?«
»Was?«
»Zum Hinsetzen oder Mitnehmen?«
»Zum Mitnehmen.«
»Gut. Ich geb dir das Eis aus.«
»Ich hab selbst Geld dabei.«
»Aber ich will's dir ausgeben.«
»Ok.«
»Aber ich geb dir nur eine Kugel aus. Wenn du mehr willst, musst du den Rest selber bezahlen.«
»Ich hab 2 Euro dabei.«
»Ja. Hörst du, ich geb dir nur eine Kugel aus.«
»Dann geb ich dir auch eine aus.«
»Dann kann auch jeder selber sein Eis bezahlen.«
»Ok«

"ICH HAB SO EIN SCHLECHTES GEWISSEN! ICH HAB VORHIN BEIM EISESSEN SO VOR MICH HINGESTARRT UND NICHT BEMERKT, DASS SICH EINE WESPE FAST AUF SEIN EIS GESETZT HAT. EINE ANDERE MUTTER HAT SIE DANN VERJAGT. DAS WIRD MICH JETZT NOCH DIE NÄCHSTE STUNDE BESCHÄFTIGEN!"

"LASS ES DOCH LOS! IRGENDWANN VERJAGST DU DANN HALT DIE WESPE VOM EIS VON EINEM ANDEREN KIND!"

So langsam verstehe ich es, wenn die Leute sagen »Geniess die Zeit, wenn sie so klein sind. Sie geht so schnell vorbei!«...

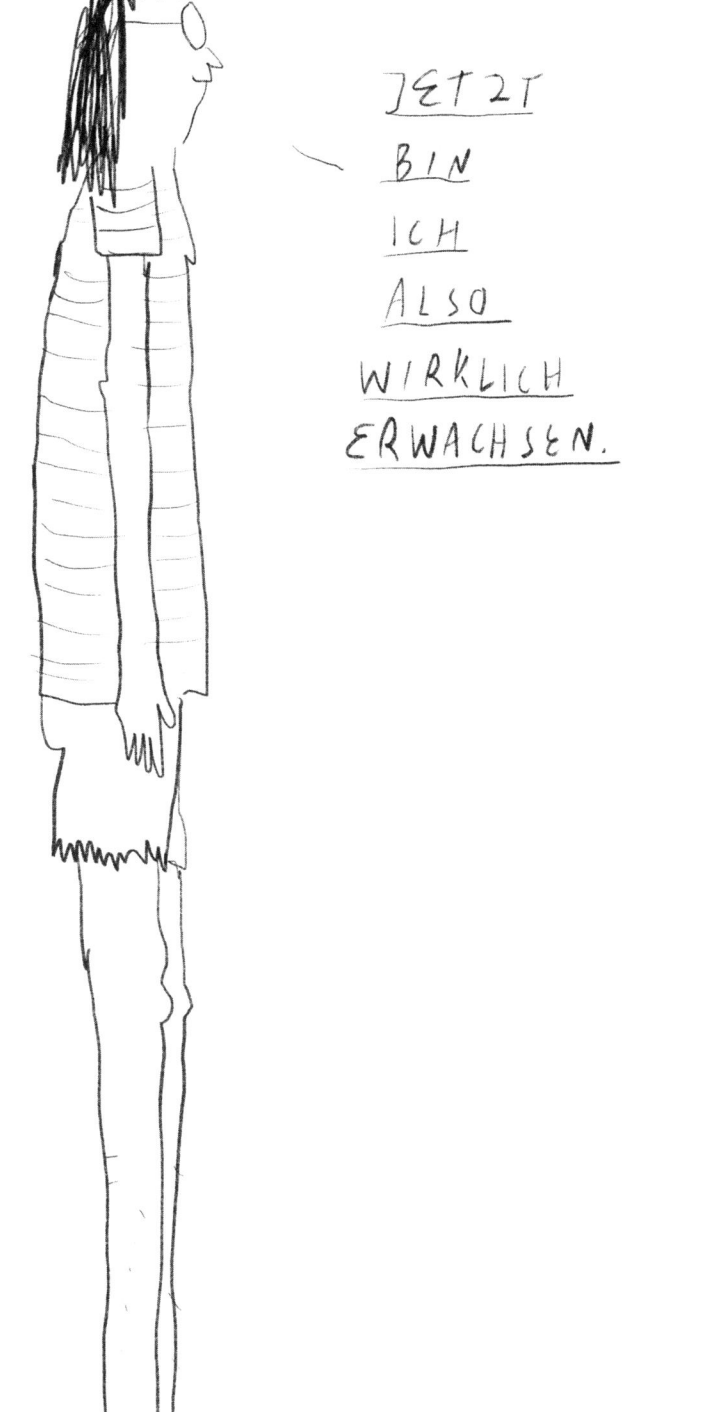

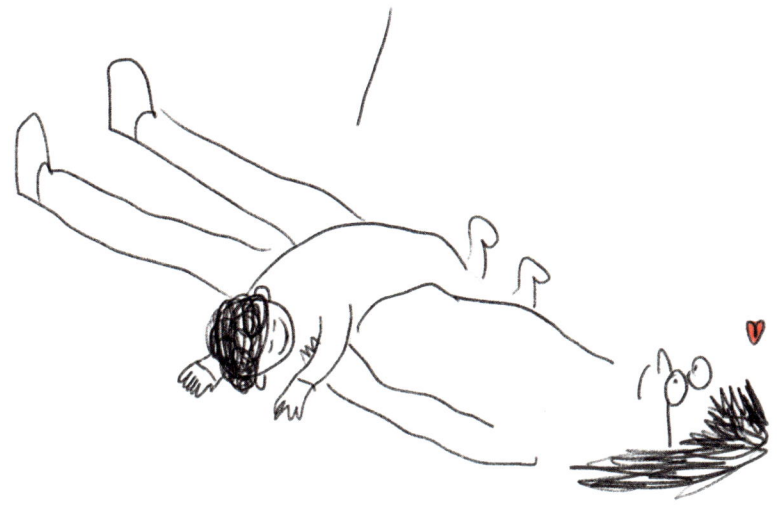

OMA

Der Rollator ist wirklich die BESTE Erfindung der Menschheit. Wenn ich in den Himmel komme und der Erfinder auch schon dort ist, dann umarme ich ihn erstmal,... oder sie.

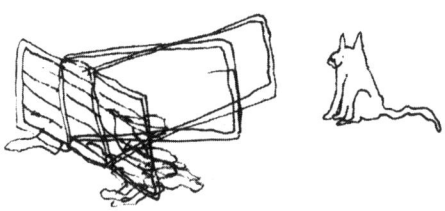

» HAT DIE KATZE DEN STÄNDER UMGEWORFEN? «

» ICH GLAUBE, DAS WAR DER WIND! «

UND AM ENDE DÜRFEN
ALLE AUF DEN
MATTENWAGEN KLETTERN
UND WERDEN IN DEN
GERÄTERAUM GESCHOBEN.

»IM EWIGEN KREIS«
TEXT & ZEICHNUNGEN:
CHRISTIANE HAAS

INSTAGRAM.COM/HAAS.CHRISTIANE
WWW.CHRISTIANEHAAS.DE

AUCH IM AVANT-VERLAG ERSCHIENEN:
»NATÜRLICH BIST DU GLÜCKLICH, WENN
DU KEINE ERWARTUNGEN HAST...!!«

ICH DANKE: JEFF, THEODOR & ANNA-LENA,
DIENE, BIANCA, ANNA K., ANNA B., AMELIE, SINA
ADRIAN, HELENA & STEFANIE & MEINER FAMILIE
HANNES, THOMAS, STEPHAN & CÉLINE VON AVANT ♡
UND ICH GRÜSSE ALLE, DIE MEINE BÜCHER
LESEN & MEINE COMICS MÖGEN. VIELEN DANK!

ISBN: 978-3-96445-092-0

© CHRISTIANE HAAS &
AVANT-VERLAG GMBH, 2023
PRODUKTION: THOMAS GILKE
HERAUSGEBER: JOHANN ULRICH

AVANT-VERLAG GMBH
WEICHSELPLATZ 3-4
12045 BERLIN
INFO@AVANT-VERLAG.DE

MEHR INFOS & KOSTENLOSE LESEPROBEN ZU
ALLEN UNSEREN BÜCHERN FINDEN SIE
ONLINE: WWW.AVANT-VERLAG.DE
INSTAGRAM.COM/AVANT_VERLAG
WWW.FACEBOOK.COM/AVANT-VERLAG